어머니의 언어

사십편시선 020

나종입 시집

어머니의 언어

2016년 2월 22일 제1판 제1쇄 인쇄
2016년 2월 29일 제1판 제1쇄 발행

지은이 나종입
펴낸이 강봉구

편집 김윤철
디자인 bonggune
인쇄제본 (주)아이엠피

펴낸곳 작은숲출판사
등록번호 제406-2013-000081호
주소 100-250 서울시 중구 퇴계로 32길 34(예장동) 2층
전화 070-4067-8560
팩스 0505-499-8560
홈페이지 http://cafe.daum.net/littlef2010
이메일 littlef2010@daum.net

ISBN 978-89-97581-93-1 03810
값은 뒤표지에 있습니다.

어머니의 언어

나종입 시집

작은숲

| 시인의 말 |

두 번째 시집을 낸 지 벌써 13년이 지났다. 한때 시를 쓰지 않겠다고 결심도 하였다. 이 암울한 시대에 시가 무슨 힘이 되겠느냐는 자문 때문이다. 기득권자들이 마음먹은 대로 그들의 세상이 되어버린 현실. 그건 아마 일제 잔재를 청산하지 못한 결과이리라 생각했다. 목구멍을 위해 나라를 팔아먹은 분(?)들이 버젓하게 대통령이 되고, 사회 지도층이 되고 있는 현실, 부동산 투기에 위장전입에 자식들 불법 병역기피, 세금 포탈을 하지 않으면 장관도 할 수 없는 현실에서 그들이 우습게 아는 3류 인생도 값어치 있는 현실이라는 사실을 말하고 싶었다.

2016년 새해아침

금성산 자락에서 저자 씀

| 차례 |

제1부

제2부

제3부

제1부

환절기

군무로 선회하다
내 가슴에 내려앉은 가창오리 떼
황혼의 옷을 입고
떠날 준비를 한다
기어이
겨울을 밀어내고
봄을 자리케 하려나 보다
그렇게 왔다 가고
또 자리하고 떠나고
길은 어디로 흘러가는지
그 길을 따라 달려가는 가창오리
내 흔들림의 끝에서 만난 가창오리
길을 안내하노라면
우리 마음도 떠날 준비를 한다.

대설주의보

온종일 눈이 쏟아진다
스팀 난방이 나오는 강의실과 대조적 어울림이다
기억의 화살을
환경정리 그림판에 압핀을 죄다 꼽아놓은
아이의 마음으로 향한다
무에 그리 저줏거리가 많아
하필이면 사람 눈에 압핀을 꼽았을까?
내가 그동안 너희 가슴에
선생이란 이름으로 압핀을 꼽지나 않았을까?
그동안 눈은 더욱 세차게 내리고 있다.

반성문

나는 오늘도 너희 앞에 반성문을 쓴다
나무 등걸같이 살아온 나의 삶이
무에 그리 자랑스럽다고 너희 앞에 서리
때로는 절망하고
때로는 비겁하게 못 본 체 도망치려 했던
아내가 쓰다만 헝겊 자투리 같은 생애, 낭떠러지 같은 생애
코가 땅에 닿을 것 같지만
여명같이 다가서는 그리움 같은 삶
희망이라 불러보며
투덕투덕 어깨동무하고
앞으로 나아가자.

꽃지항에서 밀려난 폐선에는

얼마나 지치게 달려온 사연이 숨었을까
꽃지항에서 화려함이
한켠으로 물러난 폐 염전 앞 모래사장에
고개를 갸우뚱 생각나는 얼굴을 가슴에 묻고
낮술에 취한 섬사람도 실어 날랐을
지치고 지친 몸을 이끌며
화려함 뒤안으로 물러나
조용한 명상에 잠겼을까.

얼마나 힘들게 날랐던 사연들을 품었을까
대궐만 짓는데 쓴다는 미송을 싣고
인부의 억센 힘줄 사이에 삐죽이는
핏방울 발라내고 문득문득 솟아나는
고향에 두고 온 아내 생각에
채찍이 감겨 와도 맘을 다잡았을
닻 내린 폐선에는

조용히 눈이 내리는데

동백장 여관

어느 추운 겨울
선운사 입구의 동백장 여관에 갔었지
두 어깨로 추스르다 못 다 짊어진
겨울 언어의 파편들을
로비에 털털 털고
혼곤한 몸짓으로 방구들을 짊어지고
한없는 나락으로 빠져들었지
동백여관에는 지금쯤
그때 남겨 놓은 말들이 살고 있을까
어제도 동백장 여관에 갔었네
여기 저기 뒹굴던 겨울언어가
복분자 살비듬 되어 두 눈을 탱글 쏘아보았네.

전화번호를 지우며

핸드폰 전화번호 기억 용량이 넘쳤다기에
애써 기억시킨 이름들 하나하나를 검토해 지운다
한때는 나에게도 소중했던 사람들이리라
무엇이 우리를 멀어지게 했을까
가끔 만나 술잔을 기울였을
헤어짐을 조금은 아쉬워했을 이름들
삭제 버튼 하나로
지금까지의 인연을 싹둑 잘라내려면
처음부터 맺지를 말 일이지
지워진 이름들은
언제 나를 지우게 될까, 아님 이미 지웠을까?

무더운 여름날 유선각에 누워

길 건너 마을 어귀로 꽃상여가 간다
한때는 치열하게 살았을 것이지만
치열한 사연들을 풀어헤치며 사라지는 꽃상여
매미가 떨고 있는 정오의 플라타너스 그늘에
처절한 울음이 매달려 있다
머얼리 들려오는 상두꾼 상여소리
카세트 테잎으로 늘어질 때
유선각 마루 위엔
저마다 살아온 기억의 불을 켜고
짓물러가는 눈 주위에 또 눈물을 보태고
얼굴에 그려진 세월의 흔적에
깊이 간직해온 사연들을 훔쳐보고는
앞으로 살아갈 날이 많다고 단정한 나는
그만 눈을 감아버렸다
더위로 늘어진 정오의 그늘

대천항에서

비린내야 바람 따라 가면 그만이다
인연의 끈은 실오라기보다 가늘게
끈적끈적한 삶을 따라
신발창 따라 붙어오며
한두 번은 한숨을 길게 내쉬며
지켜보고 있다
언제부터였을까
질기게 끊어질 듯 이어온 바람
바람 속에 실려 온 단내가 숨이 막혀 올 때면
황색 모운(暮雲)을 걷어
슬픔을 조각해 내고 있다

첫 월경

퇴근하여 집에 들어서기 바쁘게
품에 뛰어들던 막내딸 아이가
나를 멀리하기 시작했다
가끔 신경질을 부리기도 했다
영문을 몰라 아내의 눈치를 살피니
아내는 빙그레 웃고 만다
제 언니도
언제부터인가 봉긋이
가슴이 부풀기 시작하더니
나에게 안기길 거부했다
아하!
씀바귀 꽃 수줍음으로
다른 세상을 향해 한걸음 내디뎠구나.

설악(雪嶽)에서 일박(一泊)

빛이 바래서 아름다운 것이
갈대뿐이랴
세월의 흔적에 주름살 갈라지듯
바위는 세월에 부대껴 뒤틀리고
흘러내려
우리의 가슴에 세월의 기둥을 만들곤 했다.

굽이진 인생길 같은 한계령
동해의 해조음은 밤새워 뒤척이고
오감을 자극하더니
눈앞에 우뚝 서는구나
살아가는 것은
수많은 추억의 나이테를
만들어가는 것이 아니던가
성기디 성긴 내 언어의 그물로
너를 노래하기는 너무도 벅차다

백두대간이여!

강천산 산행

겨울로 접어드는 초입
삐쭈주름 겨울이 마중 나오고
가을이 게으름을 피우며
가지 않겠다고 떼를 쓰는 날
우린 산에 올랐지요
목에 숨이 차는 고통
눈에는 울긋불긋
단풍이 몰려와 있었지요
문득 시선이 머무는 순간
단풍 색은 무슨 색이지?
붉은색, 노란 색?
검붉은 색, 연노란 색?
고민 고민하다 그만
씨박 것 그냥 단풍색이라 하자
무슨 색이면 무엇하겠습니까
단풍이 단풍 색이지

눈 내리는 날은

눈 내리는 날은 세상과 단절된다
집 기둥에 매어놓은 개 두 마리가
날 보고 꼬리를 흔들고
하릴없이 집 전경을 보고 있노라면
어느 틈 막내딸이
내가 좋아하는 음악을 배경으로 깔아놓는다
음악에 맞추어 내리는 눈,
아내는 따뜻한 차 한 잔을 내오고
낼 모래 군대 갈 아들 녀석은
김치전에 막걸리 한잔 하든지
삼겹살에 소주 한잔 하고픈 눈치이다.
모른 척 카메라로 여기 저기 셔터를 누르면
파인더 속 정경은 모두 설원이다
아니 선경이다.

세월에는 장사가 없다

십일 월의 첫날 교차로 신호등 건너로
비정한 붉은 보도 블럭 사각 위에
어제는 밤새 바람 불고 비가 오더니
느티나무 가로수들 부활의 잎을 떨구고
발아래 마른 울음을 토한다
어디쯤일까 똬리를 틀었던 겨울 기운이
북녘 하늘로 부터 서리서리 뻗쳐오고
다가오는 계절의 두려운 삶들
야윈 어깨 땀구멍이 벌써부터 몸서리친다
올해도 가슴속에 못다 한 이야기들로
텅 빈 이마엔 실금만 늘었는데
나는 세상 귀퉁이 낙엽 하나 되어서
길 건너 붉은 신호등을 엿보고 있다
세월은 벽을 돌아서 넘지 않고
없는 듯 그냥 바람처럼 갈 뿐인데……

동심(動心) 끝 ; 부동심(不動心) 시작

이곳저곳 헤매던 길 다시 돌아와
부동의 일상에 혼돈의 자리를 깔고
식어진 가슴에 모닥불 지핀다
이루지 못한 젊은 날 꿈
응어리 되어 가슴속 뼈의 바늘로 박혔다가
이제 깨어나 과거로 가는 바퀴 돌린다
내 삶은 지금 향기 없는 남루를 걸치고
피보다 진한 땀으로 하루를 버티는데
어쩌자고 머리는 추억을 못버리고
역류의 시간에 조각배를 띄우는가
봄은 거꾸로 도는 시계 바늘이 되고
나는 허방의 다리를 건너
기억의 언덕을 찾아
미어터진 버선발로 꿈의 계절을 걷고 있다.

가을 소묘

석양 미소만큼 갈색으로 변해 가는
풀줄기를 뽑아 물고
눈 동공만큼만 펼쳐진 하늘을 향해
이 사이로 침을 찌익 뱉어낼 때
메뚜기가 가슴에 안기듯 뛰어 오른다

단풍나무 사이로
다디단 맛을 간직한 바람이 스미면
웅크린 몸을 흔들다가
펄쩍 뛰어오르는 메뚜기
몸을 비비며 다가오는데
나는 그만 눈을 질끈 감아 버렸다.

가을은 벌써 가슴속에 안겨 있었다.

떠도는 혼(魂)

헛간 정도는 거뜬히 지어 낸다는
새끼 목수 함평 아재는
술에 취하면
육자배기를 곧장 부르시곤 했다
고나~어~ 해!
논 뙈기 밭 뙈기 팔아
자식 대학 보내더니
성공해서 아비 모셔 간다고
집까지 팔아 서울로 갔다
인제인가
지하철 2호선에서 술 취한 육자배기 가락을 들었다
고단한 목소리로
가방에 연장을 잔뜩 짊어지고
끊어질 듯 이어지는 육자배기 소리를 들었다.
어제는 함평 아재가 고향으로 돌아왔다
친구가 부르는 상두가에 맞춰

산으로 향했다

육자배기 소리는 환청으로 들려왔다.

율정별곡*

– 약전 약용 형제를 기리며

피 비릿내야 바람 따라 가면 그만이다
인연의 끈은 실오라기보다 가늘게
끈적끈적한 삶을 따라
신발창 따라 붙어오며
한두 번은 한숨을 길게 내쉬며
지켜보고 있다
이별의 그날도
형제의 맞잡은 손에서
비릿한 내음이 났을 것이다
형장에 끌려가며
마음을 다잡던 그 믿음
형제가 생이별해야 할 대역죄의 몸

언제부터였을까
질기게 끊어질 듯 이어온 바람 따라
살며시 스며든 밤 꽃 내음에 숨이 막혀 올 때면

금성산 자락 실루엣으로 남은
황색 모운(暮雲)이
슬픔을 조각해 내고 있었다.

* 전남 나주시에 있는 율정은 약전, 약용이 마지막 하룻밤을 묵고 약전은 흑산도, 약용은 강진으로 떠난 장소.

바람이 내게 전하는 말 있어……

바람이 내게 전하는 말 있어
하던 일 잠시 멈추고
귀 대어 보니

글쎄
누가 나를 보고 싶대요
누구시길래
한참을 그렇게 되물어 봐도
그 한마디 남겨 놓고 사라져 버리지 않았겠어요

몇 날이 흐르고
하루는 외진 숲속 길 따라
흔들리는 손 둘 데 없어
뒷짐 지고 걷는데

글쎄

얼마 전 그 바람이 다시 왔네요

어깨를 살짝 스치며
은근히 전해 주는 말

저기 저기 저……

김치찌개

눈을 뜨면
김치찌개 끓이는 아내의 어깨 너머로
여명이 어둠을 내몬다
온몸의 오감을 일깨우는 내음……
오랜 세월 동안의 사연사연이
김치 사이사이로 묻어 있고
그 사연이 곰삭아 배어 있는 김치찌개 내음
아내의 첫사랑이 숨어 있어도 좋으리.

제2부

노화도 이포리 선창에서

자운자운 물결이
남실거릴 때쯤
아심찬은 가시내와의 연애 기억이
먼 태평양으로 향한다.
어느 곳에 어떤 모습으로 살고 있을까?
이 세상에 홀로 나서서
숨찬 드잡이질에 몇 번이고 절망하였을
나의 무릎 같은 선창가의 물결
이제는 점점 흩어져 잔물결로 부서지며
선창 방파제를 칼칼이 넘보고 있다.
대흥사 앞 보리밥집에서나
선운사 앞 산나물 비빔밥집에서 쯤
우연히 마주치기도 하련만
그런 인연은 오지 않고
선창가 생맥주집에서 짠한 기억의 등불에 맞춰
방금 일기 시작한 밤안개를 마중 나간다.

무더운 여름날 이목리 선창

살비듬 터지듯 삐죽이 일어나는
그리움들이
물결에 따라 모였다 흩어지고
새로 두 시에 떠남을 알리는 뱃고동이
폐부 깊숙이 울릴 때면
이목리 선창을 향한다.
만났다 헤어지고
다시 모르는 사람과 섞이고
새로운 그림을 펼치면
얼굴 붉콰해진 세봉이 아빠가
소주 한잔 하자 손을 이끄는 곳
이목리 선창 고무대야에 생물 담겨 있는 곳
방금 바다에서 건져 올린 간재미 한 마리
초고추장 찍어 목울대 넘기면
막혔던 가슴이 환하게 터져 나오는 이목리 선창.

파도가 괜시리 올라오랴

파도가 괜시리 올라오랴
바람이 물결을 만들던지 물결이 또 물결을 만들던지
자전과 공전으로, 달의 만류인력으로 땅겨지던지
아님 그냥 사는 것이 무료해서였지

퇴근길에 괜시리 차를 세우고 울고 있으랴
바삐 사는 게 허무하던지
아이의 월사금 때문에 텅 빈 호주머니를 뒤집었던지
아님 석양녘이 너무 아름다워서겠지

넙도 학교에 무슨 일이 있었나

완도군 노화읍 내리 488번지에 위치한
노화중학교 넙도 분교는
전교생이래야 16명
지난 첫 가을 한 아이 전학 가서 15명
교사 11명이 오순도순 살지요.
봄이면 뒷산에 취나물도 뜯고
여름이면 아이들과 벌거숭이 되어
모래톱에서 두꺼비집도 짓다가
가을이면 호준이네 청각 수확도 돕고
겨울이면 김발과 파래를 채취도 한납니다.

아이들의 머리에서는
시들이 줄줄 나옵니다.

안개바다

앞 바다에 안개가 낄 때면
바다에 사는 용들이 교미를 한다고 하여 사람들은
선외기도 조심조심 몰고 갔지요
바닷용들이 심술을 부리면
어장이고, 양식장이고 절단이 난다고
조심조심 당집으로 눈이 갔지요
내리 김과수댁 남편이나
방축리 박선장네 아들도
안개 낀 바다 무시하다
용꼬리 놀라게 한 죄로
조상님 뵈러 갔다지요
조심만 하면, 조금만 무서워하면
멀리 추자도는 물론
제주도 한라산까지 보이는 날이 있다지요
오늘같이 안개 낀 날은
방안에 조용히 있는 것이 상수라지요.

2006 태풍주의보

이번 태풍 이름은 산산이래요
"산산이 부서진 이름이여!"
김소월 시인의 '초혼'이 생각나는 이름이구요.
9월 18일 태풍도 그렇게 왔더군요.
우린 학교 유리창을 졸라매며 키득키득 웃었지요.
오랜만에 집에도 못 가고 술타령하게 생겼다고 말이죠.
앞 보길도가
태풍에 떠내려와 넙도와 붙어 버렸으면
은근히 바래기도 했구요.
그런데 그런 일은 일어나지 않더라구요.
괜시리 손에 땀만 차고 우리는 술에 절어갔지요.
태풍이 지나가고 난 뒤
청각 주우러 바닷가 갈 생각에 밤에 잠을 뒤척였지요.

넙도 중학교 용희승

완도군 노화읍 내리 넙도란 섬에
아버지의 아버지
그 아버지의 몇 대 할아버지까지 살았던
당집과 당산나무 늘어진 마을 고개에
희승이가 살고 있었다.
비록 공부는 꼴등이지만
국어 시간에
선생님이 내주는 시 쓰는 숙제는 금방 해치워 버리는
하루에도 시가 무진장 나오는
울트라 캡짱 용희승
할아버지 담뱃대에
불 붙여주며 들은 이야기가
모두 시가 되어
내 속에 있는 나의 말을 한 것뿐인걸요.
한 시간에 시를 몇 편씩 써 내는 희승이.

넙도 내리에 누워있는 폐 목선을 위한 시

언젠가 환청으로 들려오는 파도소리 속에

네가 누워 있었다.

갈매기는 수평을 유지하고

앞서거니 뒷서거니

거센 엔진 소음에

만선의 환호가 묻혀갈 즈음

그토록 거대한 파도와 씨름하였어도 지지 않았던

이물과 고물의 근육들이

이제

숨바꼭질하는 계집아이 까르르 웃는 소리에

잠들어 간다.

몽골시편 1

-낙타의 눈

사막에서 강물은 모래 속으로 흐릅니다
그리하여 그 강물이 모여
낙타의 눈에 호수를 만들었습니다
우리가 그저 지나쳤던 그 호수
사막 모래 아래로 흐르는 강물을 모아서
호수를 마련했나 봅니다
썰매를 가지고 사구에 올라
치기스런 몸짓으로 사막 썰매를 타보지만
알타이 산맥 끝자락에 앉아
몇 겁년 전에
목놓아 불렀던 그 침묵을
나는 듣고야 말리라
몇 겁의 세월을
날실과 올실로 짜서
연못 한 가운데 풍덩 던져 놓았던
그 아름다움을 끝내 건져 올리고야 말리라

다짐하고 또 다짐하였습니다

몽골시편 2

- 달이 뜨는 동으로 동으로 무작정 달려 갔습니다

주위는 온통
흩날리는 모래바람 소리
낙타의 울음소리
동쪽에서 달이 올라오고 있었습니다
대지에 뒤얽힌 야생 부추내음을 맡으며
늑대의 인광이 번뜩이는
동으로 동으로

사람만이 갈 곳을 정하였습니다
바람, 동물, 풀의 향기
어느 누구도……
사람들은 고비를 찾아와
자신만의 고뇌를 이야기하지만
고비는 그저 침묵
그러나 사람은 스스로 답을 찾아 떠나고
먼지, 언덕, 산, 바람, 초원에

오욕의 찌꺼기를 버려 버리고

차므르 에무르 딘데

차므르 에무르 딘데

몽골시편 3

-알타이 산맥 맨 끝에 서서

몽골에서 강은 땅속으로 흐른다
그래서인지 산맥 허리께쯤 옅은 안개를 두르고 있다
'내 안의 나'를 찾아 흘러온 솔롱고스는
산자락 끄트머리에서
짊어진 짐을 털어내 버리겠노라고
안개를 바라보고 있지만
그러나 강물은 땅속으로 흐르는 것을……
일상을 잠재우지 못했던 지난날을
머얼리 초원위의 신기루에 그릴 때쯤
낙타의 눈동자에 펼쳐진
먼 바다로 꿈을 실어 보냈다
아! 어디쯤인가?
내 꿈이 안착하였던 그 곳은

몽골시편 4

-신은 하나일까?

몽골에서 신은 유일신이 아니었습니다

그 신은

태양, 하늘, 물, 흙, 나무, 바람에

어디에나 깃들어 있다고 굳게 믿고 있었습니다

그러나

그들은 자신의 신을 믿으라 강요하지 않았고

이교도 국을 침범했어도

그 이교도의 신을 존중해 주었습니다

그들의 관습을 존중하고

네 것 내 것에 익매이지 않고

토지에 익매임이 없었습니다.

몽골시편 5

-먼지도 새도 구름도 없는 곳에 외롭게 살았어요

붉은 영웅의 광장 울란바트르를 뒤로하고
남으로 남으로
초원을 가로질러
사막으로 향했어요
끝없이 펼쳐진 초원
양치기 목동은 말안장에 앉아
독수리가 빙빙 도는 푸른 하늘을 응시한 채
오랜 세월을 지키며 살았어요
먼지를 흩날리며
짚차가 달려가지
마유주 한잔 하고 가라고
나의 손길을 끌었지요
게르 위에는 치즈 조각이 널려 있고
네눈박이 개가 컹컹 짖었지만
때꼽자귀 흐르는 그들의 얼굴에서
맑디맑은 눈동자를 보며

기다림에 지친 그리움,

구도의 삶을 읽었지요

몽골시편 6

-모두 다 초원으로 간다

어디서 왔다 어디로 가느냐고 물었지요

초원으로 가보세요

초원 곳곳에 뒹굴고 있는

흔적들

말, 소, 양 머리, 사막여우

하얀 뼈로 뒹굴고 있는 모습에서

그 대답을 찾으세요

시간의 흐름과

천천히 대지로 스며 가는

찬란했던 삶의 흔적을

백골로 뒹구는 그 흔적 속에서

각 각의 역사가 숨어 있답니다.

제3부

겨울 낙화암

계백이 장도를 휘두르며 황산벌 질주할 때
이처럼 비참할 줄 몰랐네
소정방이가 낚시에 백마를 꽂고
찰진 가슴을 가진 우리 딸들을 유린할 때
이렇게 치욕스러울 줄 몰랐네
진눈깨비 눈처럼 떨어지는 꽃송이들 사연이
잔설 속에 남아
나그네의 목울대를 울렁일 때
사그러지는 불 빛 속으로 사라졌네
황토내음 질펵이며 달리다
단칼에 내려찍듯
저기 낙화암에 떨어지는 조선의 딸들아

아프칸이 공습받던 날

불면의 밤을 보낸 새벽 공복감에
살아가는 이야기만큼
담배맛이 쓰라렸다.
아릿한 졸음에 질펀한 사연을 되새김질하며
파르르 혼불을 지피고
밀려들기 시작한 안개 속에서
유년의 삶을 달려가면
그 끝 어디에선가
설운 엄마 이야기가 들려오는데……
"떡 한 덩이 땜새 얼매나 쌈하던지……"
그을린 얼굴만큼이나 피곤한 표정으로
주저앉은 건물만큼이나 공룡같은 이 사연들
안개를 따라 산허리로 내려온다
"더 미운 건 떡 쪼가리 얻어먹으려 합세한 니 동생이여……"
길가 아무 곳에서나 헐레 붙은 개 새끼처럼
뜨거운 태양이 정수리를 쪼아대고 있었고

바람난 수캐는

사람들의 눈치를 할끔할끔 보고 지나가고

욕심 많은 인간들은

힐끔힐끔 보다 제 손으로 하늘을 가리고

"지 욕심 땜새 다른 사람 쥑이면 그거시 어디 사람이냐
짐승이재"

2013년 한국 그리고 인터넷

아침 인터넷 기사를 보다
"독일 검찰, 나치 전범 용의자 4명 조사 중"이란 기사를 보았다
그 옆에는 "교학사 교과서 집필진 수정 검토 거부"란 기사가 나왔다.
나치 전범은 오늘도 소탕 작전을 펼치는데
친일 전범은 오늘도 한국에서 교과서까지 장악해 버렸다.
한국의 미래를 담당할 아이들 가르치는 교과서에.

2000년대에 가보는 80년대 주막집

'물 좀 주소!'
누군가 써놓은 벽 낙서 사이로
구멍 뚫린 바람벽 따라 쏘아오는 햇볕 현(絃)을 따라 가면
'거기 누구 없소!', '타는 목마름으로'
한숨 속에 시커멓게 타들어간 말들이
술청 목로에 찌든 땟국물로 녹아 있다가
따스운 바람에 일어난다.

살비듬 같이 일어나는 기억의 향연
몸을 옴지락거려 다가서면
저만큼 분분히 흩어지는 먼지
떠도는 알갱이 하나하나에
애써 지웠던 얼굴 하나가
두 눈 속을 쏘아온다
'"탁"하고 책상을 때리니 "억"하고 죽었다.'

수박

수박 값이 똥값이다
친구는 인부 삯도 못 건진다고 수확을 포기했다
친구들이 달려들어 수확을 도왔다
친구들 품삯으로
들기도 힘든 수박을 10통씩 받아왔다
정말 미안한 마음으로 받아왔다
좋은 상품만 골라 한 차 실어 공판장으로 보냈다
300통 한 차 가격이 17만 원, 하역비 5만 원 내고 나니
12만 원을 받아왔다
친구는 수박 판 돈으로 술을 마시며
두 손을 부르르 떨었다
나는 오랜만에 한 힘든 노역으로 손이 떨리었다
내년에도 수박을 심을 거라고
500시시 생맥주잔에 어리는 이슬을
눈에서 떨구며 일어섰다
집으로 돌아온 길 아이 도시락 싸려고 들른 마트에서

아까 그 수박이 놓여 있다

2만 원이다

니밀헐 것 정말 똥 같았다.

밭일을 하며

처음 밭일을 할 때

수줍은 미소로 다가서던 나팔꽃

약간은 슬픈 눈을 하던

그 가엾던 나팔꽃

그 꽃

고춧대, 콩대를 타고 오른 나팔꽃이

화단에서 보던

나팔꽃이라 생각하고 정성스레 키웠네

행여 시들세라

잡초 뽑고 거름도 주고

그러나

애써 키운 보람도 없이

자기를 길러준 고춧대 콩대를 감고

고사시킬 때 배신을 떠올렸네

그러나

늦

었
네

어머니의 언어

어머니는 텔레비전을 뉴스를 보시다가
'엔간이들 허제!'
어린 시절 우리 형제들끼리 다툴 때
항상 하시는 말씀
'엔간이들 허제!'
아침에 대통령이 텔레비전에 나와서 국민들에게 협박을 하고 있으니
또 말씀하셨다
'엔간이들 허제!'
나는 어머니의 언어를 잘 알고 있다
어머니의 언어에는
상생이 숨어 있다.

대학로 노점상

초등학교 겨우 마친 누이는
새끼 식모가 되기 위해
상행 열차를 탔다
구로 공단에 취직한 누이는 매월 학비를 보냈다
한동안 소식이 없던 누이는
소주 냄새와 지분 냄새가 어우러진
바람으로 고향을 향했다
사람들은
미아리에서 혹은 청량리에서
누이를 보았다 했지만
누이는 절름발이 홀아비 만나 살림을 차렸다 했다
월남전에 참전한 매형은
비가 오면 악을 쓰며 술에 절어갔다
끝내 매형은 신경쇠약에 따른 우울증이란 병으로
다른 곳으로 주소를 옮겼고
오늘 만난 누이는 누이가 보내준 학비로 내가 다닌 대

학 앞에서
  좌판을 깔고
  시간이 나면 버릇처럼
  손거울을 앞에 두고 화장을 한다.

목포 소묘

아따 성님!
쩌그 물 우게 봇씨요
갈매기가 꼬리치며 달려오요 잉-
그래 목포 니가 그렇것제!
목포에 옹께 보해집이 생각나요
아짐은 잘 있는가?
작-것 또 쏘주 생각 나지야?
큼메 말이요
목포 성님들은 뭐했을께라우
아직도 보해소주가 저렇게 만은 것 봉께
그동안 쏘주 안 드시고 소주만 드셨는갑소 잉-
홍어도 맛나제라우
어떤놈들은 우리를 홍어라고 헙디다만
즈그들이 홍어 맛을 알께라우
진정한 홍애 맛을

2008년 겨울 ; 그리고 청소부 확성기 소리

나 종 입

2008년 12월 눈이 흩날리는 남도 땅 노화도 섬 징거미 날리 듯 눈 송이는 땅에 닿기도 전에 스러지고 히터에는 따스한 공기가 온 교무실을 돌 때 칠판에 '명예퇴직 신청 12월 5(금)까지' 글자가 등을 떠미는 것 같아서 쭈빗쭈빗 해진다.

중학교 1학년 국어 교과서에 실린 소설 구인환의 '숨 쉬는 영정'을 가르치려고 자료를 준비하는데 인터넷 뉴스에서는 우익단체가 북한에 삐라를 살포한다고 나오고 선우휘 소설에서 이마에 수건 동여매고 어깨에 완장 두르고 죽창을 든 서북청년단 활동을 읽고 있을 무렵 지나가는 쓰레기 수거차에서 확성기 소리가 들린다. 새마을 노래가 안치환의 '사람이 꽃보다 아름다워'로 바뀐 것은 나라 말아먹을 노래가 아닌가?

지난밤 방송국 100분 토론 시간에 좌편향 교과서에 대해 토론을 할 때 반미와 친북은 무조건 "반대한민국"이라는 이분법이 형성되어 있었다. 국회의원이란 자가 내용판단의 근거가 마련되지 않은 상태에서 "반대한민국"이라는 엄청난 위협적인 용어를 쓰면서 국민을 위협했고 그 의원의 주장을 가만히 들어보면, 일제가 우리나라를 강점한 것은 조국의 근대화를 앞당겼고, 남북 분단이 되었기에 남한이 이 정도 잘살게 되었고, 박정희가 총 칼로 자유를 억압했어도 우리를 잘살게 해주었다.

김대중, 노무현은 빨갱이여서 북한을 잘살게 하고 남한을 망하게 하려고 퍼 주었다. 힘이 사무라이에서 람보로 옮겨갈 때 이 나라 이 땅에 할아버지에 이어 아들이 목에 힘주고 있다.

베트남 고무나무 농장에서

프랑스 식민지 시절 베트남인들의 한이 서렸다는 고무나무 숲을 지났다. 프랑스인들은 고무나무 심어 두고 나무 한 그루라도 죽으면 관리인을 고무나무에 매달아 놓고 죽으면 가죽을 벗겨 가방을 만들었다고 했다. 그러고도 그들은 개고기 먹은 우리를 미개인이라 한다. 그들은 좋겠다. 남 일에 간섭할 일이 많아서 좋겠다.

구찌동굴 안내자

동굴 길이 250킬로미터. 그들은 기껏 프랑스 놈들 몰아내니 털도 안 벗기고 덜컥 식사하려는 미국 놈과 전쟁하기 위해 만들었다는 구찌동굴, 미로로 얽혀 있어도 동굴 통과 법칙만 알면 부처님 손바닥 안, 동으로 6킬로만 가면 미군 주둔지 사령부 심장, 서로 1.5킬로미터 가면 메콩강 속, 구찌 숲에서 탱크 밀고 오면 동굴 통과하여 메콩강으로 나와 뒷통수 치기, 메콩강으로 쫓아오면 강 속을 통과하여 다시 숲으로 나와 뒷통수 치기, 가이드는 한국의 광주에 구찌 마을을 비유했다. 지금도 애국지사란 자부심으로 산단다. 현지 가이드는 광주에서 왔다는 말에 눈물을 글썽인다. 아 사랑스런 나의 안내자여!

세월의 흔적

친구들과 카톡을 하며

남국의 정취를 떠올리곤 했지요

따스한 해풍, 싱그런 파도

친구들과 베개싸움

모두 페이스북에 중계할려고 했죠

천지연, 정방을 돌아 삼방굴사도 가도

천지는 못 가더라도 백록담은 구경해야 한다고

친구들과 한참 수다를 떨었었죠

이번 만큼은 꼭 말을 타 보겠다고

평소 말없이 조용히 한 켠 구석에 앉아 있던 희주가

조심스레 말할 때 배가 출렁했어요

우린 무슨 일인가 궁금해서 밖으로 나가려는데

확성기 소리가 들렸어요

학교 방송과 차원이 다른 똑똑한 목소리로

'선장의 명령이다 배가 기울어도 제 자리에 가만 있어라!'

선장은 교장 선생님만큼 중요한 분이잖아요

그냥 가만히 있었어요
선생님도 몇 분은 그대로 계셨으니까요
배가 거의 90도로 섰을 때
선생님이 몇 몇 애들에게 구명복을 입히고
밖으로 나가라고 할 때 알았어요
배 안에는 우리 외에는 없다는 것을
우리밖에는 아무도 없다는 사실을
우리는 언제 배 밖으로 나갈 수 있나요
언제 배 밖으로 나가라고 방송이 나오나요.

퇴직

퇴직을 하여 학교를 떠나는 교장 선생님의 눈빛과 정년을 다 채우지 못하고 학교를 떠나는 아내의 눈빛은 달랐다. 정년을 하는 교장의 눈빛은 무언가 좀 아쉬워 보였고, 명예퇴직을 해서 학교 문을 나서는 아내는 시원한 표정이었다. 등 뒤로 자꾸 넘실대는 아이들의 웃음소리, 하도 시원한 표정을 해서 "자네는 학교 선상 체질이 아니었는 갑네" 하니 아내는 배시시 웃는다. 웃음 속에 숨어 있는 고비사막에서 보았던 초원의 빛을 나는 보았다. 진정 자유의 빛을

술주정 1

일제 앞잡이가 빨갱이 잡는다고 독립투사 잡고, 박○○ 군부 독재 시절에 민주인사들 때려잡던 놈들이 설치더니, 전○○이 시절 ○○이 밑 닦던 개들이 이 정권이 들어서며 인수위원장 이하 인수위에 들어가 설치더니 인제는 "대한민국을 망친 것은 고교 평균화 헌 것이고, S대 출신을 비 S대 출신이 모시고 사는 게 나라의 균형이다."고 사석에서 게거품 문 놈이 교육과학부를 맡는다고 헙디다.

술주정 2

아 그라고 전라도 사람이 무엇을 잘못했다고 그렇게 미워해쌌을께라우. 지들 붕알을 물었답디여 아님 조상을 모욕했다고 헙디여! 지닌 역사를 돌이켜 보건데 전라도 놈들은 맨날 얻어터지기만 했쌓던디. 아무래도 김대중이가 죽일놈이지라우. 무슨 영화를 바라것다고 대통령을 했을께라우 그동안 하도 당했싸서 전라도 대통령 한번 만들어 보겠다고 뭉친 것이 고렇게 잘못했는 것이다요? 그래도 지금까지 정권을 보면 눈치라도 보면서 몇 놈은 지역안배 한 것이 눈에 뗩디다만 이번에는 아예 씨를 말려부렀드만요. 그래도 양심은 있는지 즈그 중조부나 조부가 호남 출신인 놈 두 놈인가 뽑아놓고 지역안배했다고 헌갑소. 이놈의 정권이 들어서며 역사에 죄지은놈들 우수 경칩에 개구리 뛰데끼 뛸려고 준비허고 있는갑디다. 아 전라도에서 한나라당 국회의원 공천헐려면 맨날 미달인디 이번에는 공천 경쟁율이 3대1이 넘어분다고 헌것 봉께 아무래도 장세동이가 곧 뜰것 갔소야! 아무래도 국정원장이나, 국방부 장관

정도는 헌다고 안 허겄소? 난 봇짐 쌀라요. 비겁허다고 욕할지 모르나 이 나라는 미래가 안 보이요. 주변에서도 이민 이야기가 뻔질나게 나오는 것 보면 좀 생각 좀 해 봐야 것소야! 아님 무인도 가서 죽을 때 까지 안 나와 불든가.

| 해설 |

넙도 선생 몽골 낙타

조현설(서울대학교 국문과 교수)

1

넙도를 지도에서 찾아보았다. 윤선도의 아지트였던 보길도와 전복의 섬인 노화도 옆의 작은 섬이다. 나종입 시인은 노화중학교 넙도 분교에서 한동안 국어 선생을 했다. 가족과 떨어져 스스로 유배되어 아이들과 살았다. 이번 시집에는 넙도 시절을 바탕으로 쓴 시들이 적지 않다. 바람과 파도, 파도와 닮은 아이들과 섬에 살면서 방문을 두드리는 시를 맞이했던 것이다.

우리 시인들 가운데는 교사가 많다. 교사 시인들이 1990년대에 만든 모임이 교육문예창작회이다. 김진경, 도종환, 안도현 시인 등이 대중적으로는 많이 알려진 시인인데 다 교육문예창작회 출신이다. 나 시인은 현재 이 모임의 회장이다.

그런데 교사 시인들이 학교 현장을 다룰 때 비슷한 주제들이 시에 많이 나타난다. 가장 일반적인 포즈가 가르침에 대한 반성이다. 아이들을 둘러싼 어두운 현실, 그리고 그런 현실 속에서도 반짝이는 희망 같은 주제도 자주 보인다. 나 시인의 시들도 그렇다.

> 무에 그리 저줏거리가 많아
> 하필이면 사람 눈에 압핀을 꼽았을까?
> 내가 그동안 너희 가슴에
> 선생이란 이름으로 압핀을 꼽지나 않았을까?
> 그동안 눈은 더욱 세차게 내리고 있다.
>
> -「대설주의보」 부분

시인은 아이들이 떠난 교실에서 환경정리 그림판을 보고 있다. 창밖에는 눈이 내리 꽂히고, 그의 가슴에는 아이들의 압핀이 꽂힌다. 압핀은 그림판의 사람 눈에 아이들이 일부러 꽂아둔 것이다. 장난으로 그랬을 수도 있고, 원망이 있어 그랬을 수도 있을 것이다. 그러나 교사인 시인의 눈에는 그것이 혹시나 나도 모르게 아이들의 마음에 준 상처가 아니었을까 반성하고 있다. 그래서 시인은 오늘도 이렇게 반성문을 쓰고 있는 것이다.

나는 오늘도 너희 앞에 반성문을 쓴다

나무 등걸같이 살아온 나의 삶이

무에 그리 자랑스럽다고 너희 앞에 서리

때로는 절망하고

때로는 비겁하게 못 본 체 도망치려 했던

아내가 쓰다만 헝겊 자투리 같은 생애, 낭떠러지 같은 생애

코가 땅에 닿을 것 같지만

여명같이 다가서는 그리움 같은 삶

희망이라 불러보며

투덕투덕 어깨동무하고

앞으로 나아가자.

–「반성문」 전문

이런 반성이 있기에 "완도군 노화읍 내리 488번지에 위치한 /노화중학교 넙도 분교는 전교생이래야 16명 /지난 첫 가을 한 아이 전학 가서 15명 /교사 11명이 오순도순 살지요. /봄이면 뒷산에 취나물도 뜯고 /여름이면 아이들과 벌거숭이 되어 /모래톱에서 두꺼비집도 짓다가 /가을이면 호준이네 청각 수확도 돕고 /겨울이면 김발과 파래를 채취도" 하면서 아이들과 더불어 살 수 있는 것이다. 이런 아이들이니 "아이들의 머리에서는 /시들이 줄줄 나옵니다."(「넙도 학교에 무슨 일이 있

었나」) 이렇게 시가 줄줄 나오는 아이들 가운데 용희승이라는 '울트라 캡짱'도 있다.

완도군 노화읍 내리 넙도란 섬에
아버지의 아버지
그 아버지의 몇 대 할아버지까지 살았던
당집과 당산나무 늘어진 마을 고개에
희승이가 살고 있었다.
비록 공부는 꼴등이지만
국어 시간에
선생님이 내주는 시 쓰는 숙제는 금방 해치워 버리는
하루에도 시가 무진장 나오는
울트라 캡짱 용희승
할아버지 담뱃대에
불 붙여주며 들은 이야기가
모두 시가 되어
내 속에 있는 나의 말을 한 것뿐인걸요.
한 시간에 시를 몇 편씩 써 내는 희승이.

– 「넙도중학교 용희승」 전문

2

한데 넙도 선생은 왜 바다도 없는 몽골엘 가고 싶었을까? 나 시인은 여러 해 전 몽골에 갔다. 교육문예창작회의 시인, 소설가들과. 그 일행 가운데 『당신에게, 몽골』이란 책을 낸 몽골 도사 이시백 소설가가 있었다. 몽골을 너무 사랑하여 해마다 몽골 길에 오르는, 그래서 저 책의 부제도 '몽골로 가는 39가지 이야기'였다. 넙도 선생은 어떤 이야기를 찾아 몽골의 사막으로 갔을까? 초원으로 갔을까?

일상을 잠재우지 못했던 지난날을
머얼리 초원위의 신기루에 그릴 때쯤
낙타의 눈동자에 펼쳐진
먼 바다로 꿈을 실어 보냈다
아! 어디쯤인가?
내 꿈이 안착하였던 그 곳은

–「몽골시편 3」부분

많은 이들이 몽골의 고비를 찾아 간다. 거기 낙타가 있다. 사막을 걷는 낙타는 자주 사막과 같은 길을 걷는 인생에 비유된다. 신기루가 펼쳐지는 아득한 초원길의 낙타도 그렇다. 시인은 낙타의 눈동자에서 먼 바다를 본다. 넙도의 바다일 수도 있고, 시인의 고향인 나주 영산포로 이어진 바다일 수도 있겠다. 나 시인은 낙타의 눈망울 속에서 바다를, 자신의 꿈을 실어 보낸 바다를 찾는다.

연작으로 쓰여진 「몽골시편1」은 부제가 '낙타의 눈'이다. 이 시편에서 바다는 호수로 변주되어 있다. "사막에서 강물은 모래 속으로 흐릅니다 /그리하여 그 강물이 모여 /낙타의 눈에 호수를 만들었습니다". 사막의 모래는 바짝 마른 뼈처럼 물기라고는 없는 듯하지만 모래 속 깊은 곳에 흐르는 강물을 감추고 있다. 마치 흰 뼈 위에 붉은 피가 흘렀듯이.

그런데 시인은 보이지 않는 강물이 흐르고 흘러 만들어낸 호수를 낙타의 눈 속에서 본다. 그리고 그 낙타의 호수 안에, "연못 한 가운데 풍덩 던져 놓았던 /그 아름다움을 끝내 건져 올리고야 말리라 /다짐하고 또 다짐"한다.

나 시인이 건져 올리고 싶었던 아름다움은 무엇일까? 초원길 양치기 목동, "때꼽자귀 흐르는 그들의 얼굴에서 /맑디맑은 눈동자를 보며 /기다림에 지친 그리움, /구도의 삶을 읽었지요."(「몽골시편5」)라고 노래할 때 저 구도와도 같은 '기다림에 지친 그리움'이었을까? 아니면 "하얀 뼈로 뒹굴고 있는 모습에서 /그 대답을 찾으세요"라고 권유할 때 그 대답으로 던져 놓은 "백골로 뒹구는 그 흔적 속에" 숨어 있는 "각각의 역사"(「몽골시편6」)였을까?

나 시인이 낙타의 눈에서 건져 올렸던 아름다움은 그리움일 수도 있고, 백골 위의 역사일 수도 있겠다. 또 몽골에서 길어 올리고 싶었던 아름다움은 그가 넙도에서 만나 가르치며 뒹굴었던 희승이와 같은 아이들일 수도 있겠다. 강물과 호수와 바다를 눈망울 속에 간직한 몽골의 낙타는 희승이를 품은 넙도의 선생이어도 좋겠다. 아니 그럴 것이다.

3

넙도는 한반도의 변방이다. 유배지에도 끼지 못한 유배지이다. 몽골은 아시아의 변방이다. 한때 세계의 중심이었으나 지금은 변방의 시인, 작가들이나 동경하는 거친 땅이다. 생각해 보면 넙도와 몽골의 사막만 변방이 아니다. 뿌리 내리지 못한 삶의 사막, 그곳이 변방이다.

나 시인의 눈은 변방을 걷고 변방을 포착한다. 「대학로 노점상」이 형상화한 새끼 식모가 되기 위해 상행선 열차를 탔던 누이, 구로공단에 취직했던 누이, 월남전에 참전했다 절름발이가 된 사내와 결혼한 누이가 그 변방에 살고 있다. 연장을 짊어지고 지하철 2호선을 타던 육자배기 가락이 좋던 함평 아재도 그렇다. "어제는 함평 아재가 고향으로 돌아왔다 / 친구가 부르는 상두가에 맞춰 /산으로 향했다 /육자배기 소리는 환청으로 들려왔다."(「떠도는 혼」 부분) 환청은 변방의 소리이다. 그 소리가 아무리 구성져도 시인에게만, 시의 마음에만 들리기 때문이다.

나 시인은 줄곧 변방의 삶을 노래해 왔고, 이번 시집도 같은 무늬를 지니고 있다. 시인의 심이(心耳)에는 삶의 변방에서 울려나오는 육자배기가 들리기 때문일 것이다.

어머니는 텔레비전을 뉴스를 보시다가
'엔간이들 허제!'
어린 시절 우리 형제들끼리 다툴 때
항상 하시는 말씀
'엔간이들 허제!'
아침에 대통령이 텔레비전에 나와서 국민들에게 협박을 하고 있으니
또 말씀하셨다
'엔간이들 허제!'
나는 어머니의 언어를 잘 알고 있다
어머니의 언어에는
상생이 숨어 있다.

–「어머니의 언어」 전문

'엔간이들 허제!', 이런 것이 어머니의 육자배기이다. 삶의 바닥에서 올라오는 저 직관의 언어와 가락 속에 공부 못하는 넙도 아이들이 다 시인이라는 시인의 육자배기가 있다. 몽골 낙타의 눈 속에서 출렁거리는 바다를 읽어내는 시인의 심안이 있다. 서로를 보듬어 주는 상생의 언어, 어머니의 언어가 있다.